Nota para los padres y encargados:

Los libros de *Read-it!* Readers son para niños que se inician en el maravilloso camino de la lectura. Estos hermosos libros fomentan la adquisición de destrezas de lectura y el amor a los libros.

 El NIVEL MORADO presenta temas y objetos básicos con palabras de alta frecuencia y patrones de lenguaje sencillos.

 El NIVEL ROJO presenta temas conocidos con palabras comunes y oraciones de patrones repetitivos.

 El NIVEL AZUL presenta nuevas ideas con un vocabulario más amplio y una estructura gramatical más variada.

 El NIVEL AMARILLO presenta ideas más elevadas, un vocabulario extenso y una amplia variedad en la estructura de las oraciones.

 El NIVEL VERDE presenta ideas más complejas, un vocabulario más variado y estructuras del lenguaje más extensas.

 El NIVEL ANARANJADO presenta una amplia de ideas y conceptos con vocabulario más elevado y estructuras gramaticales complejas.

Al leerle un libro a su pequeño, hágalo con calma y pause a menudo para hablar acerca de las ilustraciones. Pídale que pase las páginas y que señale los dibujos y las palabras conocidas. No olvide volverle a leer los cuentos o las partes de los cuentos que más le gusten.

No hay una forma correcta o incorrecta de compartir un libro con los niños. Saque el tiempo para leer con su niña o niño y transmítale así el legado de la lectura.

Adria F. Klein, Ph.D.
Profesora emérita, California State University
San Bernardino, California

Editor: Jill Kalz
Designer: Joe Anderson
Creative Director: Keith Griffin
Editorial Director: Carol Jones
Managing Editor: Catherine Neitge
The illustrations in this book were created digitally.
Translation and page production: Spanish Educational Publishing, Ltd.
Spanish project management: Jennifer Gillis/Haw River Editorial

Picture Window Books
5115 Excelsior Boulevard
Suite 232
Minneapolis, MN 55416
877-845-8392
www.picturewindowbooks.com

Printed in the United States of America.

Library of Congress Cataloging-in-Publication Data
Jones, Christianne C.
[Back to school. Spanish]
El regreso a clases / por Christianne C. Jones ; ilustrado por Ryan Haugen ;
traducción, Clara Lozano.
p. cm. — (Read-it! readers en español)
Summary: Jamal, who will be in the fifth grade, and his little sister Nina, who is
going into first grade, go shopping for school supplies.
ISBN-13: 978-1-4048-2678-6 (hardcover)
ISBN-10: 1-4048-2678-5 (hardcover)
[1. Writing—Materials and instruments—Fiction. 2. Brothers and sisters—Fiction.
3. Shopping—Fiction. 4. African Americans—Fiction. 5. Spanish language
materials.] I. Haugen, Ryan, 1972- ill. II. Lozano, Clara. III. Title. IV. Series.

PZ73.J564 2007
[E]—dc22
                                                          2006005113

El regreso a clases

por Christianne C. Jones
ilustrado por Ryan Haugen
Traducción: Clara Lozano

Con agradecimientos especiales a nuestras asesoras:

Adria F. Klein, Ph.D.
Profesora emérita, California State University
San Bernardino, California

Susan Kesselring, M.A.
Literacy Educator
Rosemount–Apple Valley–Eagan (Minnesota) School District

PICTURE WINDOW BOOKS
Minneapolis, Minnesota

Papá lleva a Jamal y Nina
a comprar los útiles escolares.

5

Jamal entra a quinto grado.

Nina entra a primer grado.

Jamal necesita marcadores.
Nina también quiere unos.

8

A Nina le compran creyones.

Jamal necesita una carpeta de argollas.

Nina también quiere una.

A Nina le compran un folder.

11

Jamal necesita plumas azules y negras.
Nina también quiere unas.

A Nina le compran lápices.

13

Jamal necesita cuadernos
de doble raya. Nina también
quiere unos.

A Nina le compran cuadernos
de rayas anchas.

CUADERNOS

Jamal necesita un frasco de pegamento.

Nina también quiere uno.

16

A Nina le compran
un tubo de pegamento.

17

Jamal necesita lápices de colores.

Nina también quiere unos.

A Nina le compran acuarelas.

Jamal necesita una mochila.

¡Nina también necesita una!

Jamal y Nina están listos
para el regreso a clases.

¡Y Papá necesita una siesta!

Más *Read-it!* Readers

Con ilustraciones vívidas y cuentos divertidos da gusto practicar la lectura. Busca más libros a tu nivel.

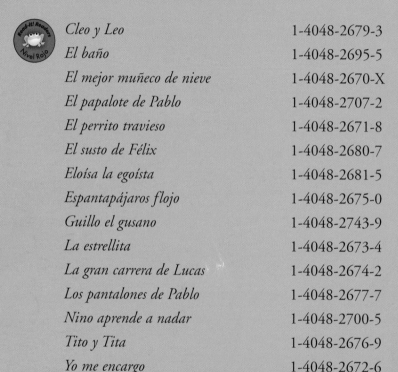

¿Buscas un título o un nivel específico? La lista completa de *Read-it!* Readers está en nuestro Web site: *www.picturewindowbooks.com*